Dieter Scheidig

Küssen verschissen

und andere kurze Erzählungen

FSC
www.fsc.org
MIX
Papier aus ver-
antwortungsvollen
Quellen
Paper from
responsible sources
FSC® C105338

Dieter Scheidig

Küssen verschissen
und andere kurze Erzählungen

Mit einem Nachwort von Elisabeth Thaler

Impressum

Dieses Werk ist urheberrechtlich geschützt. Alle Rechte sind dem Autor vorbehalten. Die Handlungen sind frei erfunden. Daher ist jede Ähnlichkeit mit lebenden oder bereits gestorbenen Personen zufällig.

Bibliografische Information der Deutschen Nationalbibliothek:

Die Deutsche Nationalbibliothek verzeichnet diese Publikation in der Deutschen Nationalbibliografie; detaillierte bibliografische Daten sind im Internet über http://dnb.dnb.de abrufbar.

Umschlag: Idee: Dr. Dieter Scheidig, Gestaltung: Kauz & Nutzkovitch

Lektorat und Nachwort: Elisabeth Thaler, M.A.

© 2025 Dr. Dieter Scheidig

Verlag: BoD · Books on Demand GmbH,
Überseering 33, 22297 Hamburg, bod@bod.de
Druck: Libri Plureos GmbH,
Friedensallee 273, 22763 Hamburg

ISBN: 978-3-8192-0077-9

Dem guten Angedenken meiner Mutter

GERDA ELISABETH SCHEIDIG

geb. Dorsch

06.07.1930 – 09. 06. 2018

geb. zu Charlottenruh/Ostpreußen

gest. im Albert-Anton-Hause zu Rudolstadt

Nicht untergehen in der Fülle des Allzugleichen!

Immer gehörig aus der eigenen Zeit gerissen sein

um eine angeklarte Sicht auf diese zu haben:

Auch eine Rache des zu schwachen, widerstandslosen eigenen

Selbst gegen die kräftige, grobgewirkte Uniform

der Gegenwart und des Gegenwärtigen…

Dieter Scheidig, September 2021

Inhaltsverzeichnis

Ein Wort zuvor

Wenn die Zeit, die eigene Gegenwart, die vorgebliche Hülle sanfter, milder Erscheinungsform um den längst gefühlten, unbarmherzigen Herrschaftsanspruch fallen lässt:

Wachsame Vertreter der aktuellen Zeitgeister plüschen in anderem Leben, um religiös unverzeihlich scheinende Anti-Mainstream-Kontaktschuld zu suchen.

Sie, die Erwachten, Wachsamen, moralisch „Woken" streben nach besserer Fremdeinschätzung – diese Arschtorten mögen sich indes um Eigenes und Selbst-Einschätzen bemühen und weniger selbstgerecht, autoritär, stumpf sein.

---

[1] Die Zählung des Psalms als 120 resultiert aus der unterschiedlichen Nummerierung; in der lateinischen Fassung der Psalmen wurde für die deutsche Einheitsübersetzung ein besonders langer Psalm geteilt. Somit verschob sich die Nummerierung.

Insonderheit divergierten die Meinungen der Menschen in der „Pandemie": Der Mensch in der Pandemie spielte in der kurzen („lang" scheine ich ja durchaus zu meinem eigenen großen Bedauern nicht zu können) Erzählung *„Was wir zu Corona sagen"*[2].

Die Aphorismen *„Der gebildete Mensch hat die Pflicht, intolerant zu sein."* und *„Anstand besitzt nur, wer mit Nachdruck die Meinungsverschiedenheiten betont."* von Nicolás Gómez Dávila[3] finde ich im Übrigen ganz scheußlich, weil sie die damaligen totalitär-intoleranten Protagonisten der Herrenseite und deren *„unerschrockenen Dogmatismus*[4]*"* legitimieren würden…

Mich indes interessiert der innere Vergleich zu anderen relevanten sozialen Gruppen und der damit synthetisierbare, spürbare Prestigegewinn oder Verlust desselbigen kaum noch.

Das sollte nicht wundern – die Menschen-Kreise, zu denen ich gerne Zugang hätte,

---

[2] Scheidig, Dieter: Was wir zu Corona sagen. BoD. Rudolstadt 2022. Sodann in *„Scheiße am Schuh"* BoD. Rudolstadt 2024. S. 55 ff.
[3] Dávila: kolumbianischer „reaktionärer" Aphoristiker und Philosoph, 1913-1994.
[4] derselbe

schauen mich nicht mit dem Arsche an und die, denen ich zu rasch willkommen wäre, interessieren mich durch und wegen ihrer intellektuellen Schwerfälligkeiten, deren gnädigen Blicken von *„Oben herunter (…)"*[5] und plumpen Konventionalismus kaum.

Gibt es eine Vollkasko im sozialgesellschaftlichen Bereich? Richtet sie sich nach der vorgeblich richtigen und falschen Meinung des Individuums? Mir als routinierter Dissident sind beide egal:

Die Kategorien „Richtig" und „Falsch" – wenn es sich nicht um sehr, sehr grundlegende Axiome handelt – haben nur begrenzte Gültigkeit und darum eben nur ein Weniges, Stundenhaftes innerhalb einer bereits eng bemessenen Zeitquantität. Zumindest kennen sollte man den Spannungsbogen zwischen den zeitdominierten Vorgaben der Herrenseite, wissen sollte der aufmerksame Gegenwartsmensch um die zwei Seiten einer Medaille, um darüber tief und tiefer nachzudenken.

Denn: Zur Beschäftigung mit Meinungen außerhalb meiner engen Blase und damit auch

---

[5] Nietzsche, Friedrich: Nachlass

mit denen eines menschlich und politisch hete-
rogenen, mageren Freundeskreises fühlte ich
mich allerdings als geschichts- und gegen-
warts-interessierter Mensch immer verpflich-
tet. Das Ergebnis waren meine kurzen belletris-
tischen Werke.

Deren „antimainstreamiger" Inhalt ist zumindest meinem Leserkreis bekannt. Ansonsten,
um allgemein und mit intellektuell-verachten-
der Komponente übers Leben zu sprechen –
„Ein rechter Scheißdreck war's!"[6]

---

[6] Fischer, Helmut (1926-1997), bayerischer Schauspieler. Der
Spruch stammt aus der zehnteiligen bayerischen Fernsehserie
„Monaco Franze- der ewige Stenz" von Helmut Dietl aus dem
Jahre 1983.

Küssen verschissen

oder

Immer des Geschiss mit der Schubin[7]

Ich will nichts von dir erzählen, von dir, Abelone. Nicht deshalb, weil wir einander täuschten: Weil du Einen liebtest, auch damals, den du nie vergessen hast, Liebende, (….); sondern, weil mit dem Sagen nur ungerecht geschieht.[8]

Die Welt ist voller Probleme. Von einem sehr, sehr individuellen handeln nun die nächsten Seiten.

Er erinnerte sich überdeutlich an die erste Begegnung mit ihr: Die nun war in der psychosomatischen Rehabilitationsklinik Bad Schmiedeberg „Am Fernwald", in welche Ruben in einem kalten April von seinem Hausarzt, Dr. Krispel benamt, zwecks „Fitmachung" und

---

[7] Der Titel ist inspiriert von einer Folge der zehnteiligen bayerischen Fernsehserie „Monaco Franze- der ewige Stenz" von Helmut Dietl aus dem Jahre 1983: „Immer des Geschiß mit der Elli".

[8] Aus: Rainer Maria Rilke, *„Aufzeichnungen des Malte Laurids Brigge"*. Reclam, Stuttgart, 1997.

einer von ihm sehr gepflegten Dauerkrankschreibung gesteckt wurde:

Im blauen Sport-Raum mit den hölzernen Sprossen-Wänden bei den leicht lächerlich anmutenden Tai-Chi-Bewegungen, die von den Betroffenen halb eifrig, halb unaufmerksam der drahtigen Therapeutin undefinierbaren Alters nachgeäfft wurden, war es: Da stand sie vor ihm. Genau vor ihm in der Platz-Anordnung der „Insassen".

Er bewunderte ihren kleinen, sich in der dunkelblauen Jogginghose nur unzureichend abzeichnenden Hintern. Ruben war zu diesem Zeitpunkt 37-Jahre und eigentlich wesentlich jünger aussehend. Sie war indes 18 und sah trotz ihrer wirklichen Mädchenhaftigkeit ungemein reifer, ja älter aus. Das stellte durchaus keinen Widerspruch dar, denn Nadita hatte etwas Abgeklärtes in Bewegungen und Sprache. Er starrte sie an, wie ein Mirakel. Wirklich: wie ein Wunder …

Doch dazu später. Dies nun sollte den Auftakt einer fünfjährigen, aber dabei nun doch sehr, sehr einseitigen großen Leidenschaft mit einem ungewöhnlich hohen Grad starker Ambition bei unserem Versagerhelden darstellen. Zumindest Talent zum Irren hatte unser Protagonist … Der Euro war seit gut anderthalb Jahren als Währung noch neu und relativ hart, sowie auch Welt und Land schienen anders … Anders jedenfalls als im Jetzt und Heute.

Es war damals die Zeit irgendeines Irakkrieges. Oder war es der in Syrien?

Ruben interessierte sich nicht dafür. Überhaupt nicht! Für all diese Geschehnisse der „Herrenseite"[9] und die Politik bestand bei ihm vorzeiten überhaupt kein Interesse. Nicht das Geringste! Er hatte wirklich mit seiner Scheidung, Krankschreibung, dem medizinischen Dienst der Krankenkasse und seiner Pleite-Insolvenz zu tun. Auch dazu noch später. Jetzt nun jedoch erst einmal zu Nadita Schubin:

Anschein stand unaufhörlich auf ihrem Gesicht[10]: Sie war das schönste Mädchen, das er je sah! Immer ist es das schönste Mädchen, die schönste Frau, die du siehst, dachte Ruben resigniert kopfschüttelnd und war doch bereits

---

[9] Ein Begriff des Philosophen Ernst Bloch (1885-1977)
[10] Ein lyrischer Rilke-Gedanke … Der Autor hat ihn für sich vereinnahmt.

seinerzeit zu alt für sie … ein Erkennen, welches dilemmatisch erschütternd war …

Sie war ja fast altersmäßig noch ein Teenie und besaß eine wunderbar dunkle, leicht heisere Stimme mit sehr gepflegtem, aber dennoch deutlichen Sachsenakzent mit einem angenehmen, unprätentiösen Tonfall, schmale, nicht allzulange gazellenhafte Beine, einen ganz, ganz starken Patchouliduft, der wohl den sie umwehenden Cannabis-Wrasen relativieren oder gar absorbierend hinweg nehmen sollte und auffallende Langsamkeit in Rede und Bewegung, welche man mit spiritueller Überlegung hätte verwechseln können.

Indes war es schlicht nur Phlegmatie. In diesem „Durchgang" der psychosomatischen Rehabilitationsklinik Bad Schmiedeberg jedenfalls galt sie, Nadita mit dem wasserstoffhellen Blondhaar, einfach als das „Kiff-Mädchen" …

Das hinderte Ruben durchaus nicht daran, ihr gekonnt mit seinem antik anmutenden, messingglänzenden und auffallenden Feuerzeug den Glimmstengel anzuzünden, welchen sie in ihrem entzückenden, schmetterlingsförmigen Munde stecken hatte, um filterlose Zigaretten zu rauchen (die er indes nie vertrug; aber irgendein noch belangloser, gemeinsamer Nenner musste doch wirklich geschaffen werden!) und am späten Abend gemeinsam verbotenerweise in die nahe Stadtlandschaft Schmiedebergs zu verduften. Oft saßen beide im deftigen Sachsenhammer (werbend mit dem Slogan „Das rustikale Wirtshaus"), den Nadita, übrigens gebürtige Wittenbergerin, kannte und sehr mochte.

Den hohen Grad der Ambition erwähnten wir bereits, welchen Ruben für diese zierliche Nymphe empfand und sich eigentlich in eine von Anfang an unmögliche und wirklich bekloppte Passion verstrickte? Solche Sachen scheinen nicht nur für die Gesellschaft anstößig. Auch litt er von Anfang an frustig unter seiner unerfüllbaren Neigung und Schwäche …

Obwohl Ruben mit seinem dunklen Blondschopf und der einigermaßen sportlichen Turnüre für „jünger" durchging, machte ihn seine durchaus betuliche Art nun nicht highlight-gleich für'n späten Teenager.

Er sah eben nicht *so* aus wie der Vortänzer der Pariser Oper, aber eben auch keinesfalls wie ein

Absolut Beginner, dicklicher Incel oder likörglas-
dick bebrillter Nerd ...

Eigentlich nun können doch Männer und
Frauen ihre eigene körperliche Attraktivität
ziemlich genau einschätzen – auch dies ist nämlich eine Währung in der Gesellschaft: der eigene Partnerwert! Natürlich spielte er in der
Oberliga der Schubin nicht mit – war sie eigentlich sooooo schön? Natürlich und notwendig
tendieren Paare dazu, auch ähnlich attraktiv zu
sein. Bis Ruben nun dies vollständig und zutiefst beleidigt einsah, sollten mehrere und
lange (unerfüllte) Jahre in vergeblichen Brief-
wechsel, Telefonaten, dem füllhorngleichen
Ausschütten von Hochkultur durch gemein-
same Unternehmungen vergehen.

Keiner enttäuscht ja indes gern sich selbst aus
sich heraus, wenn das „Pretty-Privileg" eben
nicht für sich gelten kann: der schönsüchtige
Ruben konnte diesen Nachteil, wohl wenig attraktiv zu sein, traditionell gut durch Empathie
und einen ungewöhnlich hohen Amüsanz-
Grad (ihm erfüllte eitler Stolz-Triumph, wenn
er sie oft zum Lachen brachte und sie ihn

aufforderte, den Gag zu wiederholen) im Gespräch und Bewegung sowie künstlerischem Kleidungsstil gut vernebeln – wenn dieser Erklärungsansatz stimmt, so stimmte ihn das „Versagen", sein Versagen bei der Schubin auf Jahre in seinem Erinnern immer sehr, sehr depressiv … Einmalig indes konnte die kleine, schönhüftige Schubin mit gesenktem Kopf die Schultern leicht bekümmert scheinend hochziehen und dabei mit schmalen Augen lächeln: Man(n) war dann geneigt, ihr alles zu verzeihen. Ihre Unzuverlässigkeit. Ihre Kälte. Ihre Unberechen-barkeiten und Dissonanzen … Ihre Vorwände! Ja, es waren Vor-Wände, es waren Wände, die sie bequem vor sich schieben konnte, um sich dahinter zu verstecken … Das machte das Niveau ihres Denkens wirklich umstritten. Bei Herrn R. Barmke sollte es wirklich eine ganze lange, lange Weile verfangen. Ihm ging es dabei wie der Hoffnung bei einer mittelalterlichen Stadtbelagerung:

Irgendwann mussten die Truppen verschwinden oder das Oppidum[11] sich vor Hunger ergeben: Er war in seiner eigenen, unsicheren

---

[11] Lateinisch für eine größere Stadt.

Hoffnung zugleich Stadt und Belagerer … Beides war nicht der Fall. Zu oft sagte Nadita, wenn Situation und Möglichkeit zu schwül, zu „möglich" geworden: „Aber die Liebe ist samt und sonders eine schmutzige Sache"[12].

Ebenfalls zu oft plagte Ruben der Verdacht, dass Nadita sich bei gefürchteter sehr großer Nähe „aus feministischer Solidarität zur Lesbe"[13] erklärte … „Das wird wohl nüscht", murmelte er resigniert und blickte frustran[14] an sich herunter. Da gab er es auf. Das fiel sehr schwer. Dieser Abschied aus seinem Traumland, das tief in ihn hineinsank, wurde ihm sehr, sehr schwer … Nadita war zu jung, der immer mögliche, gelegentliche Schwächepunkt einer Frau war hier nun, bei ihr - nicht auszunutzen – dazu fehlte ihr selbst schlicht die Erfahrung, wann und wo dieser Punkt endlich erreicht sei …

---

[12] Pavese, Cesare: Die einsamen Frauen. Hamburg, 1960. S. 96.
[13] Jahns, Karen, Der Sturz der Venus, In: *Tumult, Sommer* 2023, S. 64.
[14] Vergeblich, erfolglos, zur Frustration führend, Adverb.

Seine fein getigerte, zierliche Katze Pylades[15], die ihm als hässliches, schmales Jungtier ohne jedwede Fisimatenten zu machen nach einer einladenden Geste Rubens bereitwillig in sein türoffenes Auto hereinsprang, war ihm da wesentlich beständiger und immens treuer!

Pylades strich ihm auch jetzt in seiner Stube voller Bücher und Spiegel, lautlos-elegant von einem der abgesessenen, niedrigen Sessel springend, zärtlich um seine Beine und blickte wissend aus ihren geelen, leicht asiatisch-schrägstehenden, großen Basedow-Augen.

Das nun war zwei Jahre nach der „Nadita-Episode", als er sentimental eine Stätte seiner sehr vergangenen Studienzeit aufsuchte: Er fuhr damals kurzentschlossen zum Orte Brehna, dessen klappriges Renaissance-Gutshaus mit Treppenturm die Bühne des zu allen Studien- und Studenten-Starts[16] obligatorischen Ernteeinsatzes gab …

---

[15] In der griechischen Sage ist Pylades der Freund des Tantaliden Orestes, der auf Tauris nach seiner Schwester Iphigenie sucht.
[16] Näher beschrieben in des Autors Erzählung *„Der Blecher"*, erstes Kapitel *„Mohn und Melde"*, BoD, 2018.

Seit der letzten Szene mit N., in welcher sie ihm mit zu scharfem Tonfall und anderem Gesicht all-umfängliche Vereinnahmung vorwarf und danach rüde mit der Bahn abreiste, erfuhr er urplötzlich den Schreck des Unterschiedes[17] zum Sonst, der seiner Affenliebe eine erhebliche Kerbe schlug. Nach sehr wenigen, resignierenden Telefonaten schien dann der Schlusspunkt erreicht. Ihr schroffer, intrikater Vorwurf an Ruben – es sollten an diesem Vormittag noch mehrere, durchaus wirklich wirklichkeitsfremde werden – dekurvierten Nadita:

Ihr wahres Ich kam unversehens und unverhohlen zum Ausdruck und ans Licht: Kritikunfähigkeit und tatsächlich die in drohenden Entscheidungsphasen andere, völlig zum Vorher veränderte Persönlichkeit …

Funkstille danach. Er war nicht sehr betrübt darüber, jedenfalls nachdem sich der erste überstarke Ärger – reiner, genuiner Männerversagungsärger übrigens – gelegt hatte:

Sie schien eine dieser Frauen zu sein, die man vergisst, sobald sie die Türen hinter sich

---

[17] „(…) und an dem Schreck des Unterschieds schwinden die linden Gärten in ihr hin." Rilke, Sieben Gedichte

geschlossen haben. Überhaupt: Türen! Den André-Gide-Spruch mit den Türen nun, die sich, schließen … bekomme ich den eigentlich noch auswendig hergeplappert? *„Es ist ein Gesetz im Leben: Wenn sich eine Tür vor uns schließt, öffnet sich eine andere."*

Die Tragik jedoch ist, dass man meist nach der geschlossenen Tür blickt und die geöffnete nicht beachtet.". Alles Unsinn.

Ruben bemerkte den angeblichen Wahrheitsgehalt dieser oft verkürzt zitierten Binsenweisheit niemals.

Oder doch?

Jedes Individuum findet rückschauend bestimmte Konstellationen, Durchkreuzungspunkte und Zeitfenster in den Dickichten seines Lebens, in denen entscheidende Momente und Okkasionen seine inneren und äußeren Lebens-Möglichkeiten beeinflussten. Der besagte Vormittag des Abschiedes, vielmehr des urplötzlichen Aufkündigens einer zu Rubens Ärger ohnehin nur platonisch gebliebenen Kurzzeitsozialität schien ein Musterbeispiel:

Nichts bleibt stehen, nichts wiederholt sich: Lähmende, eingezogene und gleichzeitig doch aktive Jahre danach. Nur eben nicht mit Nadita: Nichts hinterließ sie als das Erinnern ihrer Bette-Davis-Schönheit und einen Männerärger des verzehrenden „Niemals-Gehabt-Habens".

Einmal im Jahr nun befragte er das Internet nach ihr. Nichts, garnix … mal die ersten Jahre eine Notiz der nahen Wittenberger Uni über sie und ihr Daseinsgebiet als Studentenratssprecherin, bei der sich Ruben selbstbelustigt frug, wie sie dies wohl angestellt habe, da sie doch sonst eigentlich „das Maul niemals nicht aufbekam" (Ja, so durchaus proletenhaft war seine „Denke" eben auch) und danach jahrelang gar nichts … Überhaupt nichts! Das große Nichts!!

Bis zu diesem winterwohnungswarmen, überhitzten Juniabend, wo er es nach einigen Jahren wieder versuchte: Da googelte er wieder einmal mit flinken Fingern auf der Tastatur seines angejahrten Klapprechners[18] „Nadita Schubin" und bekam herzklopfend sofort Eintrag und Bild: Gott, sie sah aus wie früher! Prompt

---

[18] Anbeimerkung der Korrektorin….was für ein geiles Wort! (L.T.)

klopfte ein feiner Nerv an seinem rechten Augenlied: Sie war als Mitarbeiterin einer großen Krankenversicherung tätig, welche es sich aus Imagegründen leistete, professionelle Bilder ihres „Teams" auf deren Werbe-Internet-Seite vor traumblauen Hintergrund zu veröffentlichen.

„Bei 'ner Krankenversicherung, Nadita? Reichen da deine Soft-Skills aus? Deine Kreativität? Deine Sorgfalt? Deine indes nur in den Minuszahlen vorhandene Selbstkritikfähigkeit?" fragte Ruben sich eitel und durchaus belustigt. Er tat dies mit einem bewährtem Nichtblick bezüglich eigener Negativ-Eigenschaften …

Auf dieser Webseite jedenfalls blickte sie unseren Versagerhelden monalisahaft mit ihren Bette-Davis-Wangen und ihrem Lächel-Mund verhalten an, geheimnisvoll und gleichzeitig offenherzig mit halblangem Blondhaar und den in jede Richtung interpretierbaren Gesichtszügen: Jedermann hätte ihre mädchenhafte, kaum gealterte Physiognomie für fad gehalten. Nicht so unser Ruben! Er sublimierte ihr Aussehen. Er hob es über seinen Alltag empor …

Oder war es nur eine Modifikation des Ziels, eine Nutzung der Triebenergie in eine zu schaffende, kurze Novelle oder ein Essay der Sinnlosigkeit? Er, Ruben, dachte von Anfang an in dieser Wiederaufnahme des doch bereits vor 15 Jahren sinnlosen Spiels alternativ an die Möglichkeit einer kleinen Erzählung: Diese Modifikation, diese Sublimierung ermöglichte ihm eine seiner Seele durchaus ungefährliche Trieb-Befriedigung, gleichzeitig eine erneute Abfuhr und trotz allem eine Lösung, Loslösung zustande zu bringen: Sorgfältig nun notierte er sich vorerst die Telefon-Einwahl ihrer Arbeitsstelle.

Nun aber begann er in den Nachtstunden heftig von ihr zu träumen. Nicht den üblichen Männertraum. Nichts Klischehaftes …

Nicht die praktische Erfüllung dessen, was ihm seinerzeit sein Daimonion verweigerte. War es das Daimonion? Oder war's Nadita selbst?

Natürlich ärgerte er sich über diesen allumfassenden eigenen Mangel! Vor allem über den elementaren Mangel, der aus dem „Niemals-Gehabt-Haben" kommt. Trotzdem war der Traum fair:

Er resultierte nämlich aus den Trümmern seiner in kleine Scherben geschlagenen eitlen Männerseele …

Was nun träumte er denn? Mach's nicht so überspannend!, höre ich hier den Leser bereits unwillig brummen!

Er sah sie von Weitem in einer Menge von wimmelnden Strandbesuchern und dachte sich: Das is sie doch! Nochmals ein paar Schritte zurückgehend und sie wiederum passierend, war er sich jetzt sicher. *Sie* war es! Er lugte im Vorbeigehen seitlich in den Schulter-Ausschnitt ihres Achselshirts, sah ihren zierlichen Brustansatz und war sich jetzt ganz sicher. Im nächsten Traum-Augenblick – denn eine Alternative zu demselben gab es nicht, die wirkliche Wirklichkeit sollte es niemals geben – lagen sie sich beide heulend in den Armen und Nadita, ganz schlankes, zögerndes Reh[19], versicherte unserem Helden, dass sie wohl viele Männer in den vergangenen zwei Jahrzehnten hatte: aber eben nur Masse statt Klasse, wie es der jetzt endlich vollständig entbeleidigte und tiefbefriedigte

---

[19] Ein lyrischer Gedanke von Hermann Hesse vom 21. 09.1921: Die Gedichte

Ruben spürbar aufatmend hörte. Oder es eben im Traum hören wollte. Denn kaum begonnen, war er rasch wieder zu Ende.

Er, Ruben, wachte schweratmend und ergriffen vor positiver Aufregung auf. Jede Faser seines Körpers freute sich noch über das erfahrene Glück.

Auch wenn es nur Traumglück war. Ein wohliges, tief beglückendes Gefühl, wie es nur erfüllte, ganz tief in einen hineinsinkende, erinnerbare Wusch-Träume hervorbringen können, durchströmte ihn. Dennoch war der Traum verflossen.

Ruben schaute auf sein flaches Telefon. Das Handy signalisierte ihm: es war eine Viertelstunde nach Mitternacht. Sein erster Nachttraum also.

Am Morgen begann er, sehr konzentriert in dem niedrigen, versessenen Lehnstuhl gegenüber dem hohen Spiegel seiner büchergefüllten Stube sitzend, ihre Arbeitsstelle anzurufen. Ruben probierte es mit der allgemeinsten Einwahl in deren Betrieb aus, um nicht plötzlich Naditas verrauchte, tiefe Stimme unversehens vor sich beziehungsweise am Ohr zu haben.

Das hätte ihn doch unversehens zu sehr aus der Fassung, aus der Façon gebracht.

Er wurde nun gottseidank mit einer völlig anderen Filiale der Nachbarstadt verbunden, welche ihm sofort versprach, der Kollegin N. Schubin Ruben seine sorgfältig diktierte Telefonnummer und E-Mail-Adresse zu geben …

Nichts geschah die nächsten Tage. Nichts … Garnichts! Er stöhnte auf! Auf alles!

„Mein Erinnern und meine sentimentale Nichtverwindung ist das Giftmagazin im eigenen Schädelkasten" murmelte er, wütend auf sich selbst, in Richtung seines Spiegelbildes. Und: „Das Schlimme ist nicht dein Alter und deine Jahre, Ruben, das Schlimmste ist, dabei noch so jung zu sein[20]."

Hatte die helle, freundliche Stimme am anderen Ende der Leitung sich mit dem Notieren von Rubens Nummer und Namen „verhauen"

[20] Im Original: „Die Tragödie des Alters liegt nicht darin, daß man alt ist, sondern daß man jung ist." Oskar Wilde, in: Das Bildnis des Dorian Gray. Der Autor hörte das Zitat erstmals im 1988er BRD-TV-Film „Geheime Reichssache", welcher die 1937er Blomberg-Affäre zum Inhalt hatte, aus dem Munde des den virilen Protagonisten darstellenden Alexander Kerst (1924-2010).

oder sich mit der Mail-Adresse verschrieben? Diese Möglichkeit nun musste er ausschalten. Vielleicht saß Nadita nun wild weinend vor dem Telefon oder Computer, ihren Jahre ersehnten Ruben nicht und niemals erreichend!

Nur dass dies eben nur Männer-Ruben-Gedanken aus dem sich schier unendlich dehnenden Reiche der Fiktion und Phantasie waren.

Nichts sollte geschehen und er war nun doppelt resigniert. Verdrossen und unfroh! War er es? Oder schien ihm doch von allem Anfang eines völlig klar: Futility[21], Sinnlosigkeit und Vanitas, Vergeblichkeit … Sein Erleben und Daseinsgefühl mutierte zur Vollkreisidiotie, in der sich die äußeren und inneren Gegensätze der Beteiligten zu berühren schienen: die Unzuverlässigkeit, Nicht-Messbarkeit und latente Unhöflichkeit der Schubin neben natürlich Rubens grenzenloser Selbst-Eitelkeit, gleich einer Dreiecks-funktion … Er hatte von Mathematik und Geometrie nicht die geringste Ahnung. Er dachte an einen ihrer sehr seltenen Besuche in seiner verwinkelten Murks-Bude gegenüber der Friedhofsmauer und den Vorfall mit dem

---

[21] Englisch für Sinnlosigkeit.

auffälligen Depot-Rest des vollständig geleerten Rotspons in *ihrem* Weinglase. Wie sie ihn mit entsetzt aufgerissenen Anime-Augen anstarrte: Wie einen Giftmischer, Strolch und Verbrecher … Waren ihre Gedanken etwa bei K.O.-Tropfen oder ähnlichem? Was uns an Unredlichem zugetraut wird, sagt mehr über dem Zutrauenden aus, als über einen selbst – oder um mit der Ebner–Eschenbach zureden: *„Was andere uns zutrauen, ist meist bezeichnender für sie als für uns."*

Dunkle Leere, Wahnsinn und Irrwitz: Nichts ließ sich erneut auffangen. Nichts war auffangbar, wiederholbar, gar haltbar und sein Kopf voller Glasscherben. Das Leben schien anderswo …

Einen Showdown sollten meine Wunschgedanken nun niemals finden, dachte Ruben resignierend in seinem niedrigen, abgenutzten Sessel, derweil die hässlich gestreifte aber anhängliche Katze Pylades mit ihren grotesk zu eng stehenden Basedow-Augen zärtlich um seine ausgestreckten Beine strich – denn eigentlich war es doch das Unerwartete, das Unerhörte[22],

---

[22] Carl Gustav Jung, Schweizer Psychiater, 1875-1961

welches unser wundergläubiger Ruben als zwingend weltzugehörig erwartete.

»Das ist ja gar nicht erfreulich!«, sagte er halblaut vor sich hin. Seitdem er diesen Ausdruck in der englischen Titanic-Verfilmung aus dem Jahre 1958 gehört hatte – gesprochen durch den Besitzer des Schiffes, einem als hippeliges Männchen dargestellten Bruce Ismay, während sich Kapitän und Konstrukteur auf der Kommandobrücke bestürzt über das Ausmaß der Katastrophe unterhielten – benutzte er ihn auf ähnlich hoheitsvoll-kommentierende Weise bei seinen eigenen, ihn regelmäßig begleitenden Schiffs-untergängen.

„Auch du hattest kein Vaterland mehr, verzaubertes Kätzlein-Leben, deshalb glaubte ich, dich an diesem Tage retten zu müssen … wir Hässlichen scheinen tatsächlich durchaus weniger Leben, dafür mehr Verletzlichkeit zu haben", murmelte er zu sich selbst und in Richtung des Tieres und ein feiner Nerv klopfte vernehmlich an seinem rechten Augenlid …

„Fragend durch ein verzaubertes Leben, das
uns täuschen und doch nicht betrügen kann."[23]

Letzte Worte

Toleranz ist ein Beweis des Misstrauens gegen ein eigenes Ideal.

Friedrich Nietzsche

„Halt jetzt mal die Klappe", meinte Louis Raaber genervt zu seinem wirklich unentwegt maschinen-gewehr- und stentorstimmenhaft dauermonologisier-enden Beifahrer.

Seit sehr langen Minuten rasten Autos auf dem gesperrten Fahrstreifen im Hamburger Elbtunnel neben ihm an seinem stehenden Fahrzeug vorbei. Nicht dass Louis sonst ein besonders disziplinierter Lenker gewesen wäre. Aber in diesem Elbtunnel und der Rushhour-Gedrängtheit wurde ihm jetzt doch unterschwellig ängstlich zumute.

Louis ließ beide Seitenscheiben per Knopfdruck heruntergleiten, um noch undeutliches, konfliktiv anmutendes Lautsprecher-Gebrumm zu verstehen. Hallend verkündete eine weibliche Stimme: „Verlassen sie die gesperrte Fahrbahn."

So künstlich, wie aus einem Sprechautomaten, eine KI-Stimme, in einem Sprachgenerator geboren, eine computer-generierte Aphonie-Vox … rein erschreckend in einem restlos entindividualisierten Timbre „sprechend" …

Und noch einmal, in Endlosschleife: „Verlassen sie die gesperrte Fahrbahn!"

Diese sinistere Spooky-Stimme hätte wohl noch mechanisiert-tonlos gesprochen, wenn der Riesenstern Beteigeuze auf die Erde gefallen oder Atombomben explodiert wären …

Sie hätte weiter in ihrer milden, hirnimplantierenden und gedächtnisraubenden Forderungsstimme gesprochen, wenn bereits das Chaos geweht und die Leute-Hirne zu Staub zerfallen wären …

Es war eine genuin einseitige Kommunikation, in der es nicht um Verständnis ging, es war … ein negatives, gespenstisches Creepy-Wirklichkeitsmärchen… Vielleicht ein Ab-Bild des Lebens… ohne es unnötig zu dramatisieren…

Eine Begegnung

Ende August 1988.

Seit guten 22 Jahren hineingeschubst ins Leben und bis dato damit nicht viel angefangen: Nicht viel angefangen? Kein Zweiundzwanzigjähriger kann mit seinem zweiundzwanzigjährigem, noch viel zu kurzen Lebens-Lebchen viel anfangen … er ist noch biographielos … Drängend sind indes für ein Kind doch alternativloser Gehorsam, Pflicht und die Wahrnehmung und Teilnahme an stufenweise abfolgenden Üblichkeiten, Initialisierungen gleich welcher Art: Kindergarten, Schule, danach oft eine Lehre (nicht in dem Beruf, den man sich erträumte) … oder bei den besseren DDR-Leute-Kindern das Abi. Auf der EOS[24]! Oh ja! Die Besseren! Es gab eine gewaltige soziale- und konsumelle Hackordnung im Arbeiter- und Bauernstaat, wo doch wahrlich nicht jeder Arbeiter oder Bauer war, sondern durchaus auch besondere Menschen vorhanden waren – mit besonderen Gaben, Beziehungen, Besitztümern oder Fähigkeiten: Aktive, Pakete schickende Westv-

---

[24] EOS: Erweiterte Oberschule

erwandtschaft, Lagerarbeiter im „Großhandel Obst und Gemüse" oder selbstständige Töpfermeister als Beispiel.

Oftmals schienen und scheinen die Dinge wirklich ebenso, wie sie eben sind … So auch in diesem Zimmer: Durch nikotinbraune Gardinen und geöffnete Fensterflügel ging ein leichter Luftzug durch eine hohe, mit steril-krankenhausweißer, rauchvergilbter Farbe recht rücksichtslos gestrichener Tür, durch welche Ruben Barmke gemeinsam mit seinem Vater in den leicht tabaksverrauchten, überraschend hohen Raum trat. Schlüsselausgabe für die Gemeinschafts-Studentenwohnungen der Fachschule für Museologen in Leipzig. Oh, wie tat sich Ruben leid, wie tat er sich doch immer so sehr schwer mit allen Veränderungen in seinem Lebchen. Er roch sich selbst: es war schlichter Angstschweiß, welcher ihn in Anspannungssituationen unentwegt wie ein Mondschatten begleitete. Seinen Vater, dem 57-jährigen Ludolf Barmke mit seinem mitteldeutschen Tortengesicht, welches Ruben geerbt, schien das nicht zu bekümmern. Oder hatte Ludolf viel mehr Angst? Dass Vater von vielen Ängsten zerfressen war, bekam Sohn Ruben wesentliche Jahre später mit … Ludolfs Metallarmband seiner Glashütte - Spezimatic am gewaltigen, behaarten Armgelenk klirrte leicht ob seiner gewaltigen Gesten, die braune Intershop - Lederjacke spannte um seinen Bauchansatz.

Das Robbyhütchen, welches Ludolf Barmke wegen seiner Halbglatze ständig trug, nahm er in dem neonröhrenbeleuchteten Zimmer, in das sein Sohn und er gerade eingetreten war, nicht ab. Nie nahm er es ab, schon gar nicht bei stundenlanger Autofahrt in seinem orangegelben Saporohez für 11.950 Mark der DDR.

Herbert Brothuhn, der Hausmeister der Fachschule, ein ehemaliger, „längerdienender“ Unteroffizier der „bewaffneten Streitkräfte“, verlebter Ketten-Raucher und abgeklärter Biertrinker (Sternburg-Export vom Fass) begrüßte Vater und Sohn mit einem kleinen Schlüsselbund, mit welchem er in seiner linken Hand wedelte und beiläufig ihn eigentlich nicht antwortinteressierende, situationsüblichen Fragen stellte. Ruben hingegen erzählte, was das Zeug hielt. Er redete und redete (*„Viel Reden ist manierlich: „Wohlauf?“ — „Ein wenig* *flau!"*[25]). So konnte die Angst durch das Plappern in eine – scheinbare - Aktion transformiert werden. Das allerdings wusste er in diesem Lebensalter noch nicht: Wer redet, führt - dieser Allerwelts-Spruch stimmt halt nur nicht … Nicht überall und immer. Da, mitten in seinem Redeschwang, bemerkte er, nur kurz stutzend, die Anwesenheit noch eines Menschenmannes, ein künftiger Kommilitone wohl, welcher auch seinen Wohnungsschlüssel holen wollte. Der trug eine selbst für späte DDR-Verhältnisse monströse Brille in der Art der pappigen Halbglatzen-Journalisten des verqualmten „Internationalen Frühschoppens", einer sonntagvormittäglichen Fernsehsendung der ARD, von denen der Vater Ludolf nämlich keine verpasste.

Ruben dachte – und es war das Erste, wirklich Erste was er von ihm dachte – *„Du willst nur herrschen und Macht haben"* - vergaß diesen Ersteindruck aber sofort und vollständig wieder. Der erste Eindruck, der Ersteindruck hat etwas Numinoses: Im ersten Sehen, ohne dass das Gegenüber den Mund aufmacht oder eine

---

[25] Aus Eichendorff, „Trinklied oder In der Höh"

sonstige Interaktion mit einem selbst oder anderen Individuen durchführt, haben wir Menschenkinder den von keinerlei relativierender Schauspielerei verdeckten wahren Teilcharakter unseres Gegenübers. *Du willst nur herrschen und Macht haben.* Doch ist dies nur eine – aber umso richtiger erkannte – Facette. Weil: Natürlich besteht jeder aus vielen charakterlichen, vielfältigen Ebenen, die durch Möglichkeit zum Tragen kommen müssen. Die verschiedenen Möglichkeiten bietet aber nun indes unser „Lebensstück", das Schauspiel des individuellen Daseins, die uns umgebenden Personen und deren Konstellation zueinander, unsere Berufung, unser Beruf.

Alles in allem bleibt der Ersteindruck wie ein Blick in das Kaleidoskop in einem Papprohr, welches unserer „Boomer"-Generation (saudumme Bezeichnung übrigens: was, bitte schön, soll bei „uns" boomend gewesen sein???) noch im Kindergarten begegnete …

Jetzt, heutigentages, über lange 35 Jahre später im Handyzeitalter und der allbewusstseinsmäßigen Herrschaft von „Sozialen Medien" ist die Sache mit dem Ersteindruck und seiner Wahrheit erheblich erschwert: Oft sehe ich Personen erstmals im Portrait-Bild in Facebook, welche sich abbildungsmäßig mit positiven Insignien umgeben, die eben jenen Ersteindruck gut verschleiern helfen. Und doch: auch hier bleibt die Lesbarkeit des Menschen und die Relativität der Wirkmacht auf unsere Leute-Hirne gewahrt: Keiner kann sich auch hier vollkommen verstellen. Immer wird genug unmittelbar-lesbare Wahrhaftigkeit bleiben, welche sich der sozialen Erwünschtheit entgegenstellt. Aus dem Überfluss des von sich exhibitionistisch preisgegebenen oder auch dem Mangel der Preisgabe …

Sabin Velden

Louis ging widerwillig-unentschlossen in den vor zwei Jahrzehnten errichteten Kinobau aus Wellblech und Glas, um nach seiner bei der aufregenden Rezeption des neuesten Godzilla-Films durch seine ewige Schusselei verlorenen Lesebrille zu fragen. Es war ein regnerischer Abend, die Straßen glänzten feucht und die Neonlichter des Kinos tauchten die Umgebung in ein buntes Schimmern. Er sah *s i e* durch die bunten Glasscheiben, die das Foyer des Lichtspielhauses von der Bar mit bescheidenem Restaurantbetrieb trennte und ging voller Neugier durch die futuristische, farbige Glastür.

Ein sozial durch eigenen Habit rasch erkennbarer Homo mit ins Genick geschobenen Robby-Hütchen, gerade von einem der linksseitigen Tische aufgestanden, verwickelte den verhungerten, lang aufgeschossenen Inhaber in ein affektiertes Gespräch über den eventuellen Bestandteil von Weizenmehl im Kartoffel-Dip irgendeines hier ausgereichten Gerichtes. Louis, der sich absichtlich-eremitenhaft auf dem schmalen Klapp-Wandtisch zwischen

Tresen, Toiletten und Kücheneingang nieder-
gelassen hatte, konnte das Gespräch unfreiwil-
lig mitverfolgen.

„Entschuldigung, ist in dem Kartoffel-Dip Weizenmehl?" fragte der Mann mit einer Mischung
aus Besorgnis und Neugier. Der drahtige Inhaber, offensichtlich etwas genervt, bemühte sich
dennoch, höflich zu bleiben. „Ich werde das sofort in der Küche klären, einen Moment bitte."
Da begrüßte ihn ein anderer Präferenz-Ge-
nosse, von hinten auf die Unterhaltenden zu-
schreitend. Von hinten? Von hinten!! Louis sah
und hörte dies alles, peinlich zum Boden bli-
ckend, mit unbeabsichtigtem Voyeurismus von
seinem bewusst stiefmütterlich-selbstgewähl-
ten Klapp-Wandtisch im schmalen Bereich zwischen Tresen, Toiletten und Kücheneingang. Er
schüttelte sich.

Immer noch stand hinter der Bar Sabin, eine
schmale, lebhafte junge Frau, die Louis mit einem strahlenden Lächeln begrüßte. "Na, suchst
du wieder deine Brille?" fragte sie scherzhaft,
während sie Gläser polierte. Louis konnte nicht
anders, als zu grinsen. "Ja, ich bin wohl etwas
zerstreut," antwortete er, bevor er sie in einem
kurzen Gespräch über ihre Arbeitszeiten und

abendliche Tätigkeit hinter dem Bar-Tresen verwickelte. Sabin erzählte ihm von ihrem Nebenjob und dem Leben als Aufstocker, während sie sich zwischen den Kunden hin und her bewegte.

„Hier ist sie," sagte sie lächelnd. „Pass nächstes Mal besser darauf auf." Louis bedankte sich und setzte die Brille auf, die Welt um ihn herum wurde sofort klarer. Zumindest optisch …

„Wie lange arbeitest du heute noch?" fragte er, mehr aus Höflichkeit als aus echtem Interesse. „Noch ein paar Stunden," antwortete Sabin. „Aber dann bin ich froh, wenn ich nach Hause kann. Es war ein langer Tag."

Louis nickte verständnisvoll. „Ich werde dann mal gehen. Danke nochmal." Er verabschiedete sich und machte sich auf den Weg zur Tür. Draußen hatte der Regen nachgelassen, aber die Straßen waren immer noch nass und glänzend.

Als er das Kino verließ, fühlte er sich seltsam erleichtert, als hätte er nicht nur seine Brille, sondern auch ein kleines Stück seiner selbst, seiner Fassung wiedergefunden. Die

Begegnungen im Kino, so trivial sie auch gewesen sein mochten, hatten ihm bescheidenen Einblick in die Leben anderer Menschen gegeben und daran erinnert, dass er nicht allein war in seiner Zerstreutheit sowie seinen kleinen Dramen.

Mit einem letzten Blick auf das bunte Leuchten des Kinos trat Louis hinaus in die kühle Nacht. Die kleine Stadt schlief bereits, und Louis spürte, dass auch für ihn der Abend vorbei war. Mit einem leisen, resignierend eingefrorenen Lächeln auf den Lippen machte er sich auf den Heimweg, selbstlügend bereit, den nächsten Tag mit neuer Besonnenheit und vielleicht ein wenig mehr Aufmerksamkeit anzugehen. Ein Vorhaben, welches zum Scheitern verurteilt war: Da müsste man sich selbst völlig auswechseln können. Und das kann indes niemand …

Ein Streit

„Schnatter nicht so viel!" Obwohl es lediglich um die Unterhaltung des mütterlichen Besuches ging, fuhr sie ihm, dem Sohne, entwertend über den Mund. Nein, unter die Philosophen war Timo nicht gefallen, sicher auch nicht unter die Räuber. Es stieg heiß in den Augenliedern auf, mechanisch mit dem Zeigefinger der rechten Hand in die kleine Weinpfütze auf dem Tisch tupfend, malte er ein Fragezeichen auf die Tischplatte. Keiner sah es …

Es war ein warmer August-Abend. Der Besuch blieb überlang, zumindest nach Timos Gusto. Bei den am gemeinsamen Tisch eingenommenen Mahlzeiten ging es der Verwandtschaft – es war übrigens die Schwester von Timos Mutter Berta, Tante Herta – um einen scheinbar a priori festgelegten Vergleich der Dellen- und Beulentiefe in seinem Sozialprestige. Die Basis des Vergleichs schien fair: Herta und Berta hatten Söhne gleichen Alters. Timo war der Hohenpriester der Selbstzentriertheit, aber das eigentlich Schlimme war, das die verwandtschaftlich initiierten Gemüts-Wagenrennen durchaus auch unter Auskopplung von Timos Egomanie „wirklich" waren und nicht nur egozentrische Empfindung unseres überreizten Helden ...

Tante Herta lebte in Onkelehe mit Franz (67), welcher ständig mit Histörchen (oh, wären es nur welche gewesen) aus seiner Bereitschafts-polizei-Wehr-dienstzeit in den frühen 1960ern nervte.

Eines Abends, Timo öffnete unter missbilligen-dem Blick seiner Mutter Berta die zweite Fla-sche Bier, hub er wieder an „Ja da kannte ich mal jemand im Nachbarort Bützow (Franz war ein waschechtes Mecklenburger Landeskind), *auch* Alkoholiker, der sagte zu seiner Mutter: Siehste, solange du deine Rente hast, brauchen wir beide nicht zu verhungern."

Darauf Timos Mutter zu Franz: „Wie hier bei Timo und mir!" Während sein Gesicht blutleer wurde, sprach Timo leise: "Das war's dann wohl, gute Nacht.", setzte sich in sein unmodi-sches Auto und fuhr in seine friedhofsnah gele-gene Wohnung. Sein Herz hämmerte ohne Be-ruhigung. Er ärgerte sich zutiefst und nahm sich vor, die Gesprächsdummheiten der

Verursacher seines Seelenleides nicht mehr unkommentiert hin zu nehmen.

Gelegenheit zur Rache gab es Stunden später, beim gemeinsamen Frühstück. Was fuhr er auch dahin, statt eine Stulle in seiner kleinen Küche unlustig mit Schnittkäse zu belegen!

Wie kam die Sprache überhaupt auf antiautoritäre Erziehung?

„Das autoritäre System ist doch wohl nach der Urkatastrophe Auschwitz ein Auslaufmodell." Was denn Auschwitz mit Kindererziehung zu tun hätte, wurde von Franz mit dialektbelegtem Ton gefragt. „Oh, sehr viel; da sind alle, sich Autoritäten fügend, mitmarschiert; die Opfer wie die Täter!" Timo fuhr nach diesem Bemerken rasch. Gut, dass er vorher 'ne Tasse Kaffee getrunken und sich ein Wurst-brötchen verinnerlicht hatte …

Eine Museumsfahrt

Im Museum für Ur- und Frühgeschichte verging er vor Neid: Ein junger, aufgeschossen großer, Pullover tragender Mensch (… ja ein Mensch war es!) erklärte in gewollt leiser und doch für jeden Umstehenden hörbarer Lautstärke einer kleinen Gruppe von Altersgenossen – darunter einer sehr intellektuell und apart-schön wirkenden jungen Frau – wie Bert wenig später feststellte, durchaus mittels des Ausstellungs- und Objekttextes ablesbaren Inhalte in einem leicht affektierten Tonfall, der Aufmerksamkeit erzeugen und Wissen assoziieren sollte … auch B. konnte sich dem nicht entziehen …

„Jahh, wir haben … hier haben wir gemacht/gefunden … Sphärik der eigenen Wichtigkeit und aktiven Teilnahme am Geschehen von Austsellung, Präsentation, Fund etc …"

B. ärgerte sich schwarz: Erstens, weil er Fremde, Freunde und Bekannte genauso durch ihm geläufige Museen führte; ihm war die Absicht bekannt, und das verstimmte ihn…

Und zweitens diese Lautbildung … geil … so hannöversch … so knödelnd unnatürlich überdeutlich im Mund gebildete Laute …

Diese schöne Schwangere … subtil charakteristische Züge, beinahe zuviel Markanz … Dann ein extrem schönes blondes Mädchen … stand vor Bert und zeigte einen überraschend perfekt jeansverpackten Arsch und hüftlanges Haar … blutjung, kaum altersschätzbar … sechzehn … zwanzig … total inkommensurabel, würde Goethe sagen …

War Gloria, die Umworbene, eine Schale aus Pappmaché, in die B. goldene Äpfel legte? Ein schöner Titel für eine Erzählungs-Story, dieses umgewandelte Zitat des Olympiers… *„Die Schale aus Pappmaché"*, und das Ganze in den morbiden Straßenschluchten von Halle handeln lassen…

Schlossführung

Eine stämmige Frau, wohl mehr oder minder schlecht und vielleicht auch gut gehaltene fünfzig Lenze zählend, führte routiniert durch die allerdings furchtbar feinen Räume. Beim letzten Raum, der als Schlafzimmer des Fürsten vorgestellt wurde, wendete sie sich, den Zuhörer auf die Art aller Schlossführer mit einem schlechten frivolen Scherz einbinden wollend, ausgerechnet an den siebenjährigen Sohn der Frau B.: „Das ist was für deine Mama! Da kann sie von ihrem Schlafzimmer reinspringen und sagen: *Ha-Ha-Hasi, ich komme, bleib noch liegen.*" Die Dicke schnalzte recht ordinär mit der Zunge.

Das war zuviel. B. war pikiert. Hätte er doch den Mut gehabt, zu sagen: „Reden Sie doch keine Pappe und halten sie sich an den Text, den man ihnen gab!" Herrlich! „Pappe!" Ein antiquiertes Schimpfwort der 1920er Jahre! Allein: Er hatte diesen Mut natürlich nicht … Er ärgerte sich noch im Schlosscafé, wo sein Kind 'ne überteuerte Tagessuppe essen musste. B. rächte sich darob mit dem Kauf eines

Gipsreliefs. Sohn V. schrie los: „Jetzt kauf ich mir auch was!"

Zuerst aber beobachtete er, hoffentlich unbemerkt, das wohl südwestdeutsche Paar mit der kleinen Tochter am Ende des Biertisches. Er hatte es knapp-eitel gegrüßt, bevor er sich setzte.

Laut wurde von männlicher Seite ein Monolog geführt, der jeden Beisitzer des Biertisches zu unterrichten in der Lage war, das der Sprechende Architekt sei, dort und dort gebaut habe und es ihm zur Zeit um die Problematik polierter Granit-Fensterbänke entweder an seinem gut geschnittenen Eigenheim oder bei Kundenarchitektur zu tun war … *Wie völlig fremd die alle mit ihren Kindern und Frauen reden,* dachte B. „Nimmst nachher von Papas Teller was, neh, Janine!" *Dies in einem Ton, als spräche er mit Kunden oder zu/Kollegen. Herrscher des Himmels!*

In einem nahen Konkurrenzunternehmen, welches ebenfalls um den Durst der Touris stritt, stand ein umtriebiger Wirt in einem Klappbierwagen… Sie wissen, so'n Klappding mit Tresen, fahrbar, Fassbier der Marke Radeberger.

Verschiedene abgeklärte Biertrinker mit geröteten Nasen führten vertrauliche Biergespräche, wie man sie eben nur beim Bier führt … B. bemerkte mit Verwunderung den brandenburgischen, ja berlinerischen Spracheinschlag.

„Da hamm' Se in Dessau 'n Zigarrenladen aufgemacht, so mit Cohibas[26] und so. Fuffzehn Euros das Stück!" „Da komm'ste denn man zu mir mit' n paar von den Dingern!" „Ja, ganz freilich, ausgerechnet du!" meinte der wissende Wirt, sich von seinem Fahrtresen in das Gespräch seiner Stammkundschaft locker, aber doch hörbar entwertend einklinkend.

B. trank sein Bier aus und ging, den grünen Stockschirm schwingend.

Wieder kann man die Welt-Dummheit beweisen und leicht das Unangenehme mit dem Nutzlosen verbinden, dachte B., leichthin erlustigt.

---

[26] Zigarrenmarke aus Kuba

Nachwort
Mag. Elisabeth Thaler

*Bürde mir nicht jene Last des Sagenmüssens auf,
Abelone, lass mich schweigen über das Schöne, das
unser gegenseitiges Zugeneigtsein ausmachte.*

Aber… war es wirklich gegenseitig?

L.Th.

Man kann von Dr. Dieter Scheidig denken, was
man will. Man kann ihn einen Ewig-Ossi nen-
nen, einen Ewig-Gestrigen, welcher der vielbe-
schworenen „Ostalgie"[27] anhängt, ja, einen, der
sich in *„postkommunistischem Geschwafel"*
ergeht, um eine westdeutsch statuierte Rezipi-
entin zu zitieren.

Je mehr man jedoch von ihm liest, desto mehr
wird man sich seiner eigentlichen Berufung

---

[27] Scheidig schildert in einem Teil seiner Werke
Alltagsgeschehnisse der DDR-Zeit – aber er beschreibt sie
tatsächlich aus kritischer damaliger und heutiger Distanz.

bewusst: Er ist ein Meister der kleinen Formen, der in sich abgeschlossenen Kurzgeschichten.

In seinem differenzierten Erzählstil ist Scheidig immer investigativ und essayistisch, wie wir es aus seinen „Zangengeburten"[28] kennen. Er seziert die ernstzunehmende Befindlichkeit einer Männerseele äußerst genau und stellt sie dem Leser anschaulich vor Augen.

Aber nicht genug damit. Dank Scheidig fühlt sich der Leser direkt ergriffen von dem Konflikt, der sich im Herzen seiner „Versagerhelden" vollzieht. Ja, der Leser vermag in jene höchst problembehaftete Befindlichkeit von Scheidigs Protagonisten wirklich einzutauchen.

Siegerinnen?

Wenn man von „Helden" spricht – auch wenn es sich hierbei um Versagerhelden handelt – sollte man sich überlegen, wie man den weiblichen Gegenpart bezeichnen möchte.

---

[28] Scheidig, Dieter. „Zangengeburten eines neuen Zeitalters" 2021, 2022, 2022,

Heldinnen?

Wohl kaum, da sie sich weder durch erworbene Stärke noch durch besonders ausgeprägte Geisteskraft auszeichnen. Im Gegenteil: Ihnen wohnt allesamt die Arroganz einer unverdienten, rein körperlichen Anziehungskraft inne. [29]

Ja, und im Innersten ihres Herzens verachten diese Frauen und Mädchen, wie gutgebaut und verführerisch sie auch sein mögen, die Männer. Ihrer eigenen Wohlgestalt grausam bewusst, legen sie ihre Stöckelschuhe an und zertrampeln jegliches Empfinden eines Mannes nur, um dann triumphierend festzustellen, was für ein gefühlloser Klotz der Mann doch sei.

Vielleicht kommen sich derlei Damen auch noch gut vor und brüsten sich verheerend ihrer abweisenden Haltung – immerhin wollen sie ja erobert werden! – aber anscheinend ist ihnen, den vorgeblich zarten Geschöpfen, jeder Sinn für Mitgefühl genommen.

---

[29] Ich als Freund der griechischen Sprache und Philosophie spreche bewusst nicht von „Schönheit". Da ich leider genug dieser Leute kenne, muss ich sagen, dass sie das Epitheton „schön" im griechischen Sinne nicht verdienen.

So sind es niemals Siegerinnen, von denen
Scheidig spricht; vom falschen Ideal einer Vor-
stadt-Femme-Fatal missgeleitet haben sie nur
einen Sieg errungen, nämlich den über ihre
Menschlichkeit und über ihre natürliche, liebende Begeisterung.

War es das wert?

Facetten des Lebens

Wiewohl die Betrachtung des Daseins aus der
Sicht eines „Versagerhelden" einen beträchtli-
chen Teil von Scheidigs Erzählband einnimmt,
so sind vor allem seine autobiographisch inspi-
rierten Miniaturen in sich abgeschlossene Stü-
cke, welche dennoch zum Weiterdenken und
zur Reflexion einladen.

Das Abgewiesenwerden in menschlicher Hin-
sicht mag zutiefst verletzend sein, so scheinen
es Scheidigs Texte zunächst zu vermitteln.
Trotzdem lassen uns diese Erzählungen nicht
hoffnungslos zurück.

So spricht doch eine aus gesundem Trotz gebo-
rene Überheblichkeit des Helden zu uns. Wa-
rum grämen wir uns? Es sind doch all die

Leute, denen wir uns unterlegen fühlen nichts als *Schalen von Pappmaché,*[30] in die man goldene Früchte legt.

Den Menschen stünde es gut an, die Dürftigkeit ihrer eigenen *Conditio humana*[31] anzuerkennen und demütig davor zu werden, was man allgemein Respekt und Nächstenliebe nennt. Kein Mensch ist perfekt und so wie Scheidig sie uns schildert, sind die perfekt sich dünkenden die eigentlichen Versager, weil sie blind sind für ihre Unzulänglichkeit.

Um es kurz zu fassen: Wenn sich das streuselkuchengesichtige Mädchen mit dem Versagerthelden zusammentut, dann könnten am Horizont vielleicht der deutschen Literatur verheißungsvollere Tage heraufziehen.

---

[30] Zitat Goethens: *„Frauen sind silberne Schalen, in die wir goldene Äpfel legen."* Aus den Gesprächen mit Eckermann. Bei Scheidig wurde das Silber zu Pappmaché.
[31] Menschliche Bedingnis, Unzulänglichkeit.

Über den Autor

1965 im thüringischen Rudolstadt geboren.

– studierte sowohl in und nach der Wendezeit in Leipzig Museologie.

– langjähriger Museumsleiter eines Thüringer Stadtmuseums.

– Promotion über ein sepulkralhistorisches Thema.

– wohnt seit 23 Jahren umgeben von antiken Artefakten und Antiquitäten in einem knapp 400 Jahre alten, selbst sanierten Bürgerhaus in Rudolstadt, viele Veröffentlichungen in historischen Periodika und Heimatliteratur sowie Novellen, gesellschaftskritische Essays und Erzählungen …

Vom selben Autor sind bei BoD in gleicher Ausstattung u. a. erschienen:

- Der Blecher. Erzählungen aus der Wende- und Nachwendezeit. Rudolstadt, 2018.
- Die Erinnerung des Raben. Eine Novelle. Rudolstadt, 2022.
- Trojanisches Klavier. Zwei Wunschgschichten. Rudolstadt, 2023.
- Scheiße am Schuh. Zwei Erzählungen. Rudolstadt, 2024.